KB264774

그리움 없인 저 별 내 가슴에 닿지 못한다

김완하
시 집

그리움 없인 저 별 내 가슴에 닿지 못한다

시와
정신

● **시인의 말**

2012년은 내가 『문학사상』에 시인으로 등단한지 25년이 되고, 계간 『시와정신』을 창간한지 10년이 되는 해이다. 문예창작학과 교수가 되어서 시를 쓰고 문학을 강의해오며 하루도 시인임을 잊지 않으려 했다. 그러나 가르치는 일과 실제로 시를 쓰는 일이 늘 조화를 이루는 것만은 아니어서, 시인으로 살아온 만큼 앞으로 갈 길은 태산으로 남아 있다. 그런데도 왠지 그것이 나에게는 어떤 축복처럼 여겨지는 봄이기도 하다.

시인에게는 늘 새로운 시를 추구하고 앞으로 나아가는 일이 중요하겠지만, 때에 따라서는 지나온 길을 돌아보고 되새기는 것도 매우 소중한 일이라 생각한다. 특히 올해는 내가 창간한 『시와정신』이 10주년을 기념하는 의미에서 〈시와정신시선〉을 새롭게 펼치기로 하였다. 이에 나도 기쁘게 참여하기로 하였다. 그것은 『시와정신』이 새로운 단계로 나아가려는 지점에 나 또한 시인으로 새롭게 서고자 하는 마음에서다.

『그리움 없인 저 별 내 가슴에 닿지 못한다』는 1995년에 냈던 나의 제2시집이다. 이번에 〈시와정신시선〉으로 새롭게 펴내면서 시를 조금 손보았고 시의 수록 순서를 달리 했다. 해설 또한 송기한 교수가 새로 써주었다. 그러고 보니 내게는 아주 색다른 느낌으로 다가오기도 한다. 이 일도 나에게는 무엇보다 앞으로 나아가기 위한 의미가 있다.

새롭게 번져가는 저 5월의 숲은 늘 지난해의 빛보다 더 힘찬 것이다.

2012년 5월에   김완하

● 차례

| 제4부 |

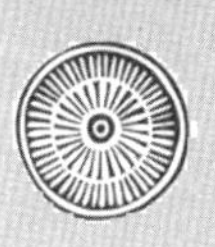

제
1
부

뻐꾹새 한 마리 산을 깨울 때

뻐꾹새 한 마리가
쓰러진 산을 일으켜 깨울 때가 있다
억수장마에 검게 타버린 솔숲
둥치 부러진 오리목,
칡덩굴 황토에 쓸리고
계곡 물 바위에 뒤엉킬 때

산길 끊겨 오가는 이 하나 없는
저 가파른 비탈길 쓰러지며 넘어와
온 산을 휘감았다 풀고
풀었다 다시 휘감는 뻐꾹새 울음

낭자하게 파헤쳐진 산의 심장에
생피를 토해 내며
한 마리 젖은 뻐꾹새가
무너진 산을 추슬러
바로 세울 때가 있다

그 울음 소리에
달맞이 꽃잎이 파르르 떨고
드러난 풀뿌리 흙내 맡을 때
소나무 가지에 한 점 뻐꾹새는
산의 심장에 자신을 묻는다

칡덩굴

저렇듯 얽혀 사는 아름다움을 보라
험한 비탈길 함께 기어오르는,

하나의 뿌리로 여러 개 하늘을 품고
무더기무더기 꽃을 피우는

아픔으로 얼크러져 바로 서고
서로의 상처를 온몸으로 감싸주며

가파른 어둠 벼랑을 타고 올라
죽음까지도 함께 지고 가는

엄마

첫돌 지난 아들 말문 트일 때
입만 떼면 엄마, 엄마
아빠 보고 엄마, 길 보고도 엄마
산 보고 엄마, 들 보고 엄마

길옆에 선 소나무 보고 엄마
그 나무 사이 스치는 바람결에도
엄마, 엄마
바위에 올라앉아 엄마
길옆으로 흐르는 도랑물 보고도 엄마

첫돌 겨우 지난 아들 녀석
지나가는 황소 보고 엄마
흘러가는 시내 보고도 엄마, 엄마
구름 보고 엄마, 마을 보고 엄마, 엄마

아이를 키우는 것이 어찌 사람뿐이랴
저 너른 들판, 산 그리고 나무
패랭이풀, 돌, 모두가 아이를 키운다

도마동 · 3
―― 크라운베이커리

새벽안개에 빠진 아파트는 여객선처럼 쿨럭인다
점점이 살아 있는 가로등 불빛이 습기를 빨아들이고
첫 시내버스는 왔다 빈 차로 갔다

아침 입맛을 잃은 사람들 위해서
크라운베이커리 사내는 앞치마 가득 빵을 굽는다
밀가루 반죽이 안개처럼 부풀어도
그 빵의 아침은 피어나지 않았다

앙상한 나뭇가지에 찢겨진 벽보는 젖어
축축한 안개의 늪으로 밀리는데
언제부터였을까 계곡 물소리 사라진 것은
우거진 잡풀 밑으로 찔찔거리며 밭은 신음 소리 끌고 간다
끈끈한 새벽잠에 처박힌 은행나무
예측할 수 없는 시간 위로 길게 눕는다

다시, 치마 가득 빵을 토해내는 빵집 주인
그는 아파트 주민의 식탁을 위해 살아간다

입맛 없는 이들의 아침으로 빵을 부풀릴 뿐,
새벽이 오는 골목으로는 눈길 주지 않는다
올해 들어 이 아파트엔 하루 건너 안개가 찬다

그리움 없인 저 별 내 가슴에 닿지 못한다

네가 빛나기 위해서
수억의 날이 필요했다는 걸 나는 안다
이 밤 차가운 미루나무 가지 사이
아픈 가슴을 깨물며
눈부신 고통으로 차오르는 너,

믿음 없인 별 하나 떠오르지 않으리
그리움 없인 저 별 내 가슴에 닿지 못하고
기다림 없는 들판에서는
발목 젖은 풀뿌리 하나에도
별빛 다가와 안기지 않으리

어둠 속 무수히 흩어지는 발자국
별 하나 가슴에 새기고 돌아가
고단한 하루에 빗장을 지를 때
지친 풀잎 허리 기댄 언덕 위로
너는 꺼지지 않는 등을 내다 건다

너와 내가 하나의 강으로 닿아 흐르기까지
수천의 날이 또 필요하리라
이 밤 네가 빛나기 위해
수억의 어둠을 뜬눈으로 삼켜야 했듯
그 눈물 어리어 흘러가는 강을 나는 본다

나팔꽃의 꿈

그래, 나도 손을 뻗고 싶다
저 하늘 너희들이 꿈꾸는 세상으로
나도 차오르고 싶다

기대지 않고는 설 수 없는 땅에서
서로의 어깨에 팔을 두르고
하나의 기둥으로 서고 싶다

휘감지 않고 버틸 수 없는 비탈
가파른 바지랑대에 몸을 묶어서
단 한 번만이라도
나팔 소리 힘차게 불어 올릴 수 있다면

바다에 와서 본다

바다에 와서 본다
일생을 뒹굴다 가는 파도
그 물 칼에 쓸려 제 몸을 깎고
반짝 살아나는 돌들의 속살을 보면서
우리도 저처럼 부대끼며 간다는 것을

돌들을 살펴보면
스스로의 둘레를 치고 잠긴 돌
빛 좋은 껍질 속 빈 가슴 묻은 돌
그 가운데 함께 쓸리면서도
날 선 돌 하나

부대낌의 해안을 떠돌며
저렇듯 자신을 지켜
둥근 돌 틈을 헤집고
녹슨 잠을 깨워 온 돌

불현듯,

한 시대의 암벽을 타고
곧게 걸어간 사람의 뒷모습이
수평선 위로 떠오른다

함열역

호남선 완행열차가
멎었다 뜨는 사이,
잠시 그쳤던
눈발이 차창을 휘감는다

대숲으로 담을 친 마을
퍼 올리는 저녁연기 사이로
기적 소리에 놀라
한 떼의 새들은 눈 속을 튕겨 오른다

개찰구를 막 빠져 나와
미처 기차에 오르지 못한 아낙
함지박을 인 채 황급히 달려오다
떠나는 기차 뒤에서
손사래 치며 동동동
발을 구른다

멀어져 가는 철길 위에

우주인 듯 떠받쳐 인
아낙의 함지박 속으로
땅벌처럼 달려드는 눈발

낙숫물

그때 우리 집 초가지붕 낙숫물 소리는
어디까지 흘러갔을까,
후두둑이며 어머니는 뜰팡으로 마악 들어서시고
흰 수건으로 이마에 빗물 닦으시며
함지박 가득 자줏빛 감자 내려놓으시던

덜 깬 잠 사이로 비집고 들어와 내 가슴 축이던
빗물 소리 어디에 가서 꽃으로 피어났을까
내 어깨 다독여 주던 할머니 손길 같은
빗줄기에도 살아나던 낙숫물 흘러
어느 강 언덕을 적시고 있을까

식료품 가게에서 사온 감자 삶아 먹으며 듣는 물소리
아파트 베란다 물통으로 쏟아지는 물의 아귀다툼
어린 아들은 잠들지 못해 칭얼거리고
한낮 고요를 때리는 물소리에 깨어 보채고

강 건너와

힘겹게 강을 건너와
물 밖에 서보니

내가 걸어온 길은 물살에 지워지고
강이 나를 건너갔구나

귀가

밤은 우리가 건너왔다 온 강
그 많은 물을 어디에 다 비워 버리나
그 빈 공간에 따뜻한 불빛을
가득하게 피워 올리나

젖은 옷깃에 스며 온 강물
삐걱대던 나룻배의 흔들림 잊을 때
사람들은 아파트 입구에 닿아
타고 온 나룻배를 어둠 속에 구겨 넣는다

오늘 또 하루,
우리는 얼마나 많은 강을 건너온 것인가

별 · 서시

가장 빛나는 너의 속살만큼
어두운 것이 있으랴

제 목숨의 안팎을 벗어나
스스로 밖이 되어 빛나는

나무와 매미

왕매미 한 마리 미루나무 숲을 다 흔든다
여름내 숲으로 귀를 빼앗기며
나는 매미가 우는 줄 알았다
어느 날 거친 잠의 구렁에서 풀려나며
비로소 매미 앉은 나무가 우는 것을
나는 보았다

한낮 사람들의 혼곤한 귓속으로
잠의 폭설이 무너져 내릴 때
휘청대는 시간의 절벽에 매달려
사람들 안간힘으로 버틸 때

스스로 깨어난 나무들은
바위 속 빈 고독의 알을 깬
매미 하나씩 불러와 제 가슴에 품고
뜨거운 살을 부비며 운다

숲으로 가서 보라,

저 수풀 속 미루나무들의 떼울음 소리
나무 이파리 일제히 불타오르며
둥글게 둥그렇게 감기는 나이테

풀잎

풀잎들이 한껏 퍼올린 푸르름은
다 어디로 갔을까

마지막 한 톨 고독으로 박힌 채

적막한 하늘 아래
나는 또 하나의 풀잎이 그립다

제 피 한 방울까지 돌 속에 새기고 간

동박새

꽃이 절정에 이를 때
새소리는 햇살보다 눈부시다

동백꽃 한창 피어날 때
새들은 더 애진 소리로 짝을 부른다

꽃의 심장에 부리를 파묻고
꽃처럼 떠는 동박새

내 그리움은 마치
성욕과 같아서

시도 때도 없이
고개를 쳐드네

시와정신詩選 __007
그리움 없인 저 별 내 가슴에 닿지 못한다

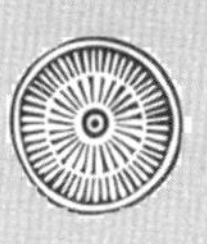

제
2
부

겨울 숲의 고요

겨울 숲의 고요가 나를 깨운다
사그리 비워 낸 가냘픈 허리
미동 없이 숨죽인 사시나무 곁에서
나는 가슴이 설렌다

무엇이 저토록 큰 고요를 빌어
태어나고 있는가
큰 숲에 가득 알몸의 나무들
뿌리 땅속으로 일제히 퍼붓듯 내려가
끌어올리는 것은 무엇일까
내 작은 심장의 고동 소리 지워
고요 속 또 다른 고요를 듣는다

이 겨울 수북이 쌓인 낙엽 헤지면
뜨겁게 숨 쉬고 있는 황토
얼음 조각 깔린 곳도 파보면
촉촉한 흙살 숨 쉬고 있거늘
고요 위에 내 심장 소리 함께 누워

새로이 숨을 고른다

겨울 숲의 고요가 나를 때린다
사그리 떨궈 낸 서늘한 이마
미동 없이 차오르는 떡갈나무 곁에
내 영혼의 맑은 샘이 고인다

마을나무

1

우리 마을 언덕에는 큰 느티나무 한 그루 서 있었지. 뿌리 깊은 땅속 흐르는 강물에 발 적시고, 머리로는 둥그런 하늘을 인 채 마을을 제 가슴에 품고 있었지. 봄이면 가지마다 초록의 새 부리 밀어내 온 하늘로 휘파람 불어 올리면 오가는 새들이 날아와 앉고, 여름이면 들판의 바람이 놀러와 쉬었다 갔지. 할아버지들 나무 아래 장기 둘 때면 무성한 줄기를 부챗살처럼 펴서, 잔바람으로 땀을 식혀 주었지. 들판에서 일하던 사람들 밥 먹을 때면 이웃 아저씨 아주머니도 불러들여 함께 들밥을 나누고, 식사 후엔 한잠씩 그 나무 밑에 눕기도 했지.

우리들은 나무의 등줄기를 타고 올라가 푸른 하늘 향기에 젖곤 했지. 때로는 나뭇가지 사이에서 하늘의 노래를 불러 주는 매미를 잡고, 그러다 더러는 나무 밑으로 떨어지기도 했지. 저무는 가을마당에 나와 서면 하늘을 떠받친 울창한 가지들, 저녁노을에 온몸 발갛게 불태우던 나무.

그 큰 둥치로 무너지는 가을 통째로 받아 내고 있었지. 어느 해 겨울 사흘이나 밤새 눈 내린 뒤, 몇십 가마니 눈 짐에 큰 가지 하나 부러져도 끄떡없던 나무, 다가가 설레임에 귀를 대면 귀를 저미는 찬바람 속에서도 영혼을 울리는 맑은 향기가 흐르곤 했지.

2

여름날에 아이들 상수리나무 밑둥을 파서 집게벌레 잡을 때 발가락 간지러움에 나무줄기 가볍게 흔들다가 상수리나무는 제 몸에서 검은 집게벌레 몇 마리 내 놓았지. 때로는 맨발로 기어오르는 아이들 하나하나 무동을 태워 하늘 끝에 닿게도 했지. 우리들 학교 갈 때는 그 나무 밑에 들러 잠시 쉬고, 하굣길엔 달려와 나무 밑에 공책 펴놓고 산수 숙제도 했지.

그 나무 둘레는 내 양손을 다 펴서 다섯 아름이나 두르고야 등치를 잴 수 있었지. 그 육중한 나무 등치를 안고 있으면 그 속으로는 무엇이 오르내릴까 곰곰이 생각하다가, 밤이면 가지 끝마다 별들이 주렁주렁 열릴 때 별들이 가지 위에 내려앉아 나무와 무슨 얘기를 나눌까 생각하다가 그때 나는 문득, 이 세상을 살아가며 내가 끌어안아야 할 일들을 어렴풋이 떠올려보기도 했었지.

3

그때 그 나무 위에 올라가 하늘 구름의 향기에 젖었던 아이들은 자라나 삼십대의 가장이 되었지. 어느 사이에 그느티나무가 주변에 거느린 작은 나무들처럼 우리도 새끼를 품었지. 나는 오늘도 그때 느티나무 아름을 재던 자세로 이 세상 살아가려 하는데, 세상은 나의 팔 사이로 자꾸만 바람처럼 빠져 나갔지.

저녁이면 지친 걸음으로 한 꾸러미 붕어빵을 껴안고 젖은 골목으로 들어설 때, 내 무겁게 기운 어깨 기댈 곳 없어 자꾸만 헛딛는 걸음. 둘러보아도 기댈 언덕 하나 없는 컴컴한 골목 속에서 갑자기 그 나무 불쑥 솟아났지. 그 나무 둥치 다가와 내 어깨를 받쳐 주고 잔잔한 이파리 부채로 가슴 식혀 주었지. 어느새 그 나무둘레엔 별들이 매달리고 어둠에 내 발 이끌어 나를 포근하게 품어 주었지.

대동천렵

마정리 마을에 모내기 끝난 다음날이면
어김없이 동네 사람들 대동천렵을 벌였다
윗동네 아랫동네 사람들 빠짐없이 모여
뒷산엔 커다란 차일을 치고
덩그라니 가마솥 두 개가 걸렸다

마을 아낙들 하얀 쌀밥을 지으며
올해의 농사는 풍년이 들 거라고
한쪽 가마솥엔 고깃국이 끓고
솥뚜껑 사이로 억센 김이 치솟았다

이웃 마을 사람까지 달려와
그간의 안부를 나누며 한솥밥을 먹고
한 솥의 국과 몇 잔 막걸리에 얼큰히 취하면
상쇠가 쇠를 치고 장구 북 징이 어울려
산은 온통 춤판으로 들썩였다
온 마을 사람들 얼크러지고
풍악은 골짜기 차고 나가 차령산맥을 울렸다

흥이 난 마을 남정네들은
한천으로 몰려가 씨름으로 한판 힘을 겨루고
흠뻑 땀 젖은 몸으로 시내에 뛰어들었다
냇물에 검게 그을린 팔과 어깨를 적시면
아낙들 멀리서도 제 사내 바라보며
가슴이 더워져 흐뭇해 했다

그렇게 하루 된통스럽게 놀고 난 밤
뒷동산이 먼저 취해 잠으로 떨어지고
초저녁부터 마을은 온통 코고는 소리로 들썩였다
동구 밖 느티나무 위로 보름달이 웃으면
들판에선 밤새워 개구리들이 달빛을 퍼마시며
밤새도록 취해 육자배기를 뽑았고, 그때
들판의 모들은 은밀하게 뿌리 세워 땅내를 맡았다

마을 당제사

음력 보름날 마을엔 당제사가 있었지
그날 하루 마을 사람들은
행동을 조심하고 허투루 웃지도 않았다
제주인 뒷집 종수 아버지는 한 달 전부터
나들이도 줄이고 그 집으로는
마을 사람들 삽 빌리러 가지 않았다

그림 잘 그리는 종수는
뒷산 당집에 말 탄 사람을 그려 걸고
둥그런 달이 떠오르면 당집엔 등불이 내걸렸다
일찍 저녁 먹은 우리 숟가락 놓기 바쁘게
달려 나와 종수네 마당으로 모여들었지

윗동네 아랫동네 공동 우물에서
먼저 한 해의 풍요를 비는 제를 올렸다
떡시루가 놓이고 과일과 음식이 차려지면
우리들 시선이야 모두 그리 가는 것이었지만
그해따라 가뭄으로 우물 바닥이 보였다

당집으로 가면 마을 사람들 빙 둘러 모두 가슴 졸였다
종수 아버지 마을 집집마다 호명하며
한 해 기원을 하고 소지 사르는데
불탄 종이 재가 높이 올라가는 집은
그해 운수가 좋고 그렇지 않으면 재앙이 든다고
모두들 자기 집이 불릴 때는
좌중의 떠드는 소리도 죽이려 애썼지

그날 밤 우리는 달빛 퍼붓는 마당에 모여
아주머니들이 주먹처럼 뭉쳐 주는 떡을 먹었다
사탕이며 사과 몇 조각을 얻으려 줄을 서서
하늘의 달 보고 빌고 또 빌었다
올해는 우리 집에 좋은 일만 일어나고
나도 학교에서 반장에 당선되었으면

잎 지는 이유

그대 나뭇잎 지는 이유 아는가
나무는 제 가슴 한켠에
품었던 예리한 도끼날 들어올려
스스로의 가슴 내리칠 때
그 고통의 불길 나무 전체를 물들이는 것
그 보이지 않는 떨림으로 나뭇잎 지는 것

가을이 지고 겨울이 와
폭설이 나뭇가지 찢을지라도
나무는 꿈쩍도 않고
제 가슴 깊은 곳으로
도끼날 내리치며
나무 둥치 청동빛으로 타오른다

숲의 나무들 비인 허리
반짝이며 어둠 속에 서기 위해
알몸으로 얼음벽을 견디기 위해
수십 자루 도끼날을 버렸거늘

나무는 제 가슴 속에 간직한
마지막 한 자루 도끼로 내리쳐
봄이면 아기 손톱만한 이파리들로
상처 난 하늘을 가린다

달맞이

대보름날 우리는 할머니 따라
뒷산에 올라 달을 맞았다
한낮에 만들어 놓은 짚단을 들고
그날 저녁 큰집 할머니에게 달려갔다

달뜨기 전 뒷동산으로 올라가
불을 피우며 기다리면
그날따라 달도 더디 떠올랐다
이윽고, 보름달이 건너편 산 위로 이마를 빼면
우리는 서둘러 짚단에 불을 당겨
두 손으로 모아 쥐고 절하였다
거듭거듭 한 해의 기원을 되새겼다

할머니는 우리들 친손자 외손자 열둘
좌우에 둘러 세우시고 앞서서
기원하는 자세와 성의를 보이셨다
금세 사방은 조용해지고 짚 타는 소리와
우리들 입술 달싹이는 소리만 들렸다

이웃집 이뿐이 어머니는 병환중이라

일곱 살 이뿐이는 큰소리 내어

우리 어머니 병 낫게 해주시오

우리 어머니 병환 하루빨리 낫게 하시오

크게 외치는 소리에 모두들 웃다가 잠시

가슴이 서늘해지기도 했다

그날 밤 뒷동산은 온통

사람들 오르내리는 발길로 북적대고

껑충 뛰어오른 달 건너편 들말까지 훤히 비출 때

우리는 집으로 돌아와 요에 지도를 그리며

모두들 어른이 되는 꿈을 꾸었지

별 · 6

일생 동안 저 어둔 하늘 속에
텃밭 일구어 빛을 뿌려 온 사람
한낮의 고통을 건너와
매일 밤 등불에 심지 돋우고
등피 문질러 세상을 닦아 온 사람

어둠 속 늘어가는 등을 헤며
불빛 다하여 새벽 올 때까지 깨어도
우리는 그의 마음 한 편 바라볼 수 없는데
밤마다 빛을 심어 세상을 일구는 사람

그의 등불 아래서
우리들 잠은 이렇게 다디달아
꿈결마다 어깨에 와 닿는 그의 손길
밤새 소를 몰아 어둠 밭 쟁기질하는 사람

어느 날 어두운 그림자에 싸여 비척일 때
불현듯 내 가슴에 와 찍히던 괭잇날

누구일까 스스로 모습을 지우며
우리들 가까이 살아가는 그는
오늘도 어둠 밭 일구어 고랑을 가르며

잃어버린 겨울

어린 날 우리 집 방안 윗목에 마시다 둔 냉수 사발은 자고 나면 얼어 터졌지. 그 새벽녘에 구들장은 사람 신세를 지기도 했지. 두꺼운 요와 쌀가마처럼 무거운 이불 속에서도 울타리를 쓸고 가는 바람소린 또 얼마나 무서웠는지. 아침 세수하고 물 묻은 손으로 문고리 잡으면 자석에 쇠못 달라붙듯 손가락 쩍쩍 들어붙었지. 초가집 추녀 밑으로 고드름 발을 치고 갈증 날 때 꺾어 먹던 투명한 고드름 사이로 비치는 아침 햇살은 눈이 부셨지. 하루 종일 방안에는 화롯불이 몸을 녹여 주었지. 화로 속에 묻어 둔 알밤도 없이 들며 나며 불 속을 뒤적이곤 했지.

안성 장날 밤 사나운 바람 몰려와 울타리 수숫대 심하게 흔들리고, 어머닌 마지막 버스로 새로 산 내 흰 고무신 가슴에 품고 돌아오셨지. 나는 기다리다 지쳐 잠들고 어머니의 온기가 밴 고무신만 내 품에 안겨 호롱불에 희게 빛났었지. 그날 밤 나는 새 고무신을 신고 벌판을 치달리는 꿈을 꾸었지. 다음날 아침 가로수는 추위에 무우처럼 갈라 터지고, 밤새 퍼부은 눈 짐을 감당 못해 뒷산 소나무 가지는 서너 개나 부러졌지. 이따금 집 뒤 울타리 팽나무에선 눈 짐 떨어져 내리는 소리가 쿵, 쿵, 가슴을 쳤지. 간밤 눈발 속을 뚫고 들길 질러가던 이웃 마을 사람들, 새벽이면 구부러진 둑길을 따라 지워진 발자국만 건넛마을로 가고 있었지. 아침 들녘 먼 마을에는 굴뚝마다 연기 피어올랐지. 그때 어디선가 한 떼의 참새들이 날아와 우리 집 울타리를 덮었지. 참새들 반짝거리는 소리에 나는 잠을 깨었지.

소쩍새

밤이면 누가
어둠의 벼랑에 매달려 우는가
누가 숲에 몸을 숨기고
호드득호드득 차갑게 우나

철쭉 진달래 꽃잎 다 진 산골짝에
제 혼의 불빛으로
타올라 새벽이 올 때까지
누가 저 숲을 흔드는가

청솔가지 꺾어서 연기를 피우며
숨어 숨어서 타오르는가
솔잎에 찔리는 눈물

별 · 7

사랑을 실어 나르기 위해
철길은 서로의 거리가 필요했으리

그대를 멀리 떠나온 마을
어둠 벌판으로 스치는 불빛

강을 사이에 두고
자욱이 내려앉는 별

별빛 한 줌 손에 받아
생각나는 사람

손 안에 번진 작은 온기마저
쏟아 주고 싶은 사람

마른 대나무 가지로
울타리 서주고 싶은 밤

때로는 우리

때로는 우리 공간을 먹고 살지

유달산 밑 유달미용실 유달식당 유달노래방
나는 유달다방에 들어 쓴 커피 한잔 죽인다

한때 내가 월요일 아침 '토요일 오후'에 들러
자주 쓴 커피를 마시듯

때로는 우리 시간을 삼키며 살지

제주행 배 시간을 지우며
나는 쓴 담배를 태운다

도마동 · 4

— 지하주차장

하루 동안 나를 태우고 다닌
나의 말을 지하에 두고 나오며 나는 본다
피곤을 어깨 가득 인 채로 자면서도 발목 풀지 못하는
저들의 측은한 뒷모습, 평생을 눕지도 못하는 저들의
피로한 허리에서 새어 나오는 신음 소리
재빠른 질주에 기대어 우리는 얼마나
그들을 혹사시켜 온 것일까

날로 낡아 가는 속도 속에서도
순순히 말을 듣는 그들이 고마울 뿐
그들은 고철로 변해 가며 무엇을 꿈꾸는 중일까
대낮 질주하는 그들을 타고 가는 우리는
한순간 그들이 반란을 일으켜 우리가 그들을
태우고 다녀야 할지도 모른다

이제 우리는 순간에 무너져 내릴
그들의 주검을 어디에 묻을 것인가
싸늘히 식어 버릴 그들의 육체

뻐꾹새

온종일 뻐꾹새는
산을 들어올렸다
내려놓고
다시 들어올렸다가
내려놓네

산은 조금씩 자라나서
저녁이면
제 그리메 길게 드리워
발 아래 마을을 덮네

안동행 安東行

우리 기댈 것
빈 들녘에 내리는 저녁 햇살뿐
안동행 흔들리는 버스
아이는 울고, 나는
종이컵의 소주를 입에 쏟는다
우는 아이 따라서
잠든 아이도 깨어 뒤척이고
아낙은 코골며
기운 어깨를 저녁 속에 묻는다
덜컹대는 버스 속
찬 것은 다 비고
빈 것만이 가득찬 벌판으로
털털대며 돌아가는
한 생의 짧은 저녁
아이 울음만 차창을 넘어가
눈밭에 묻힌다

시와정신詩選 _007
그리움 없인 저 별 내 가슴에 닿지 못한다

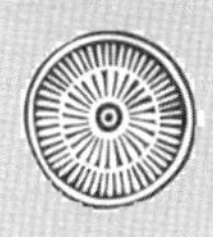

제
3
부

기상예보

저기압이 이동해옴에 따라서
천둥 번개를 동반한 소나기로 연 사흘
중부지방이 시달리고 있습니다
오늘은 전국적으로 비 오는 곳이 많아
외출 시에는 우산을 준비하시고,
빗길 차 운행에 유의하시기 바랍니다
여름으로 들어서기 위한
계절 변화의 진통이 예상됩니다

어느 사이, 시커먼 구름 몰려오고
창 밖 미루나무에 휘감기는 바람

풀잎의 노래

아직 한마디 말도 뱉지 못한 입
누군가의 말도 옮기지 않은 그 입에서
우, 우, 우 거리다가
엄마, 하고 튀어나오는 소리

봄날 햇살 속으로
파릇파릇 새싹이 깨어나듯
꽃 한 송이 어둠을 뚫고 나와
가까스로 속잎을 피워 내듯

우, 우, 우 거리다가
튀어나오는 소리, 엄마

아직 한 줌의 거짓에도 닿지 않은
그 손을 흔들어
가녀린 줄기를 이 세상으로 뻗으며

꽃잎

꽃잎을 지워 낸 동백 가지
그 사이로 한낮의 햇살은 내리고

먼 계곡의 물소리 조심스레
내 발뒤축을 깨물며 오는 때

산의 이마에 가 닿는
동백꽃 한 송이

차가운 이마에 꽃잎 부딪히며
순간에 타오르는 불길

나무들 떼울음을 밟으며
가는 꽃잎 하나

세 살

세 살바기 아들
무엇이든 손에 쥐면 놓지 않는다
기어이 잠 속까지 끌고 간다

바람 빠진 풍선도
슬며시 빼어 내면 칭얼대고
다시 쥐어 주면 잘도 잔다

아귀 같은 욕심으로
거친 잠 속을 뒹굴며 가는
내 살아온 세월처럼

꾀꼬리

한 떼의 꾀꼬리
뒷산 숲에서 울고 가더니

꾀꼬리 부리로 토해 낸
울음 끝에 무지개 색실 곱게 풀어
참나무 숲을 한 폭의 수틀에 새겼네

꾀꼬리 울음으로 자아낸
색실로 짜 올린 숲에서

비 온 뒤끝에
나무들 알몸이 풀어놓은 향내

저녁 강물

저녁 강물은 말이 없나니
아우야
내가 찍고 온 발자국도
이 강물 앞에 이르러
거듭 길을 비우는구나
지친 어깨를 풀고
돌아가는 물목에
귀 대고 듣거라
우리 산 자의 날들이 더 많아
무거운 밤이 닿고
새벽이 오고
다시 이 저녁 햇살은
젖은 강물에 쓰러지는구나
너와 나 험한 산 하나씩 넘어와
저문 강에 어깨를 기대면
스스로 낮추며 흐를 때를 아나니
빈 가슴으로 차오를 줄 아나니
아우야

두 팔 벌려 빈 들을 껴안고
낙동강 칠백 리
그 물굽이로 흐르자

봄이 오는 마당

마당에 선 한 그루 오동나무
가지로 밀어 올리는 하늘
그림자 적실 땅은 얼마나 클까

솟구치는 힘 길어 올려
그늘진 하늘로 손을 뻗으며
이웃집 담장 넘어 그곳까지
서늘한 바람을 나누고

뿌리로 휘감아 올리는
그리움의 깊이
줄기가 껴안을 구름의 이랑

나무들 제 허리에 시퍼런 도끼날 대고
스스로 헐렁해진 가슴에 대팻날 밀어
어깨와 어깨 사이 못을 박는다

봄이 오는 마당

나무둥치에 다가가 귀를 대면
목질 깊숙이 힘찬 맥박 소리 들린다

돌바기

돌바기 아들 잔디밭에 내려
무엇이든 주워 입으로 간다
흙을 입에 댄다
돌을 입으로 가져 간다
나뭇잎 따서 입에 물고
개미도 입으로 간다

아이는 먹지 못할 게 없구나
흙과 나무가 하나이듯
돌멩이와 나무뿌리도 하나이듯

나뭇잎 입에 넣는 아이 손을 밀치며
나는 아무것도 줄 게 없다

강

여기 남기 위해
흘러가는 것이 있다

다시 돌아오기 위해서
떠나가는 것이 있다

저무는 도랑

저무는 도랑가에 나와
바람 살포시 씀바귀 잎을 뒤척일 때
작은 실오라기 하나도 끌고 가는 물살
도랑물 소리 이어 가며
나를 부르는 목소리

내 작은 물줄기 따라가
그대 깊은 강에 이르러
큰 가슴속 따뜻한 살 섞고 싶어라
별빛 가득한 어둠 속으로

화석

저 죽음의 순간까지
서로 손을 놓지 않은 것은 무엇일까
마그마가 덮쳐 심장 태우는 순간
시뻘건 쇳물이 들이닥쳐
서로의 뼈 녹이는 불길 속에서도
더 굳게 껴안을 수 있는 힘은

일그러진 고통 하나 없이
서로의 얼굴 마주 향한 채
영원히 풀지 않는 미소
천 년 어둠에 갇혀
켜켜로 쌓이는 그늘 속에서도
피와 살을 살라 내
뜨겁게, 더 뜨겁게 포옹하는 눈빛

별 · 8

침묵

평생을 침묵으로 살다 간 그가
일생 간직했던 말
끝내 뱉지 못한 한마디
오늘 밤 찬바람에 살아나
후두둑 내 발등을 찍는다

최후의 순간 그가
온 힘으로 밀어내는 울음

약속

내가 잊어버린 약속
일생을 잊지 않고 기다린 그
저 어둠 속 시퍼렇게 살아나

기어이 나를 쏘아본다

한 번의 약속도
저렇듯 천 년은 가야 하는 법

떠난 사람

새벽길 서리 밟고 떠난 사람
한숨 깊어 강물 따라갔던 사람

밤의 어둠 숲을 헤치고 와
차디찬 빛으로 웅크린 하늘가

작은 불빛

포장마차 안에 갇혀 있던 불빛
반란을 꿈꾸며 한 가닥 찢겨져 나와
시멘트 바닥 위로 쓰러져 눕는다

골목 저쪽 헐렁한 어깨 메고
돌아오는 사람들
불빛에 구겨진 바지가 짧게
스친다, 발목이 잘린다

골목을 꺾어 전신주 따라
발목만 집으로 돌아간다
몇 겹의 밤에 빗장을 채우고
무거운 구두 속을 빠져 나와
텅 빈 어둠 속으로 추락한다

어둠만이 빛을 지킨다

어둠은 깊을수록 고요하다
익을수록 소리 내지 않는다
어둠 없이 누가 빛을 보는가
어둠만이 빛을 지킨다
인간을 휴식으로 빨아들인다
어둠을 욕하는 자 누구인가

보라, 밤은 그 내장 속에
불꽃을 토해 내고
밤의 창자 속으로 일목요연하게
달려가는 사람들
자정 넘으면
막힘없이 흘러 항시
제자리로 돌아오는 시간

시간만이 공간을 지배하는 시간
공간만이 시간을 지배하는 공간
밤은 인간들이 욕망을 배설해

더럽혀 놓았을 뿐
우리는 밤의 내장 속 한 마리 잠벌레

밤을 욕되게 하는 자 누구인가
밤은 그 내장 속에
아름다운 빛과
휴식을 가득히 채우고 있다

제 가슴을 낮추어 땅 가장 깊은 곳으로
짙게 깔리는 고요
어둠만이 빛을 지킨다

도마동 · 5

겨우내 닫아 두었던 창을 떼고
창틀의 먼지를 닦는다
올해도 이 창으로 또 얼마나 많은
바람이 드나들 것인가
지난여름 거미줄에 걸려 있던
하루살이 잔해가 가벼운 바람에 떤다

베란다에 서면 보문산 허리가 한결 뚜렷하다
사람들 줄지어 비탈을 오른다
어느 사이 오리나무는 초록의 부리를 내어물고
무너진 계곡에는 물이 다시 흐르겠지
바위 어딘가 또 이끼 한 뼘은 자라나
산그늘 서늘함에 젖어 들겠지

시와정신詩選 _007
그리움 없인 저 별 내 가슴에 닿지 못한다

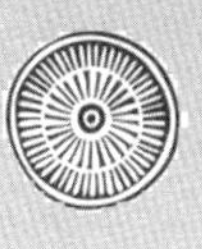

제
4
부

가을 숲

가을 숲 안에서는
소나무와 오리나무
싸리꽃과 억새풀이 어깨를 잇대어
시간의 무게를 지고 있었네

그 무게를 부려 놓고 숲은
산 하나를 서쪽으로 옮겨놓네
땅속 깊은 뿌리
은밀한 기도로 마른 귀를 적시네

짙게 깔리는 땅거미 속에서
나무들은 선 채로 하얗게 비어갈 때
저무는 산속으로
팽팽히 감도는 우주의 긴장

이윽고,
견고한 침묵을 두드리며
투우욱, 내리찍는 밤송이

이 한 순간을 맞아
가을 산 전체가 온몸으로 출렁이네
비로소 시간으로 가득 차네

사람도 나이가 들면

사람도 나이가 들면
한 그루 나무되어 사람 곁에 선다

지리산 노고단 철쭉 숲에서
한낮을 뜨겁게 쏟아 내는 뻐꾹새 울음

뙤약볕 아래 발길 휘청거리다
거기 한 그루 나무 그늘에 젖는다

이 큰 산을 세우고 있는 것은 무엇인가

밟히고 찢기고 쓰러져서 피어나
패랭이 질경이 가녀린 꽃대궁을 이고

그 한켠에 내 어깨 늘이밀어
올려다보는 산정 위로 떠가는 구름

나이 들면 사람도 한 그루
나무되어 풀 키우듯 사람을 품는다

나무

내가 한 그루
미루나무 속을 들여다보기까지
삼십 년이나 걸린 것일까

목질 깊숙이 배인 그리움
겹겹이 잠긴 나이테 풀고 돌아가
설레임으로 닿을 수 있을까

그 물길 이어 흘러
강 언덕 촉촉이 적실 수 있을까

미동 없이 치솟은 나무 우듬지
시퍼런 하늘로 솟구쳐
휘이익,
온몸으로 그어 놓은 한 획

가을나무

가을 떡갈나무 한 그루
온몸을 벌겋게 태우며
우리 가슴을 후려칠 때가 있다

스스로 껍질을 벗고
곧게 솟아올라
오로지, 알몸의 침묵으로
온 세상을 말하는 순간

숲은 뒤엉켰던 팔과 어깨 풀고
서서히 제자리로 돌아가는 칡덩굴
씨앗 하나씩 바람에 비우며
귀를 씻는 밤나무

이 언덕 저 비탈
마주선 그 먼 거리에
붉게 타오르는 갈참나무여
이제 우리 모두
제자리로 돌아가야 할 때

작은 노래

강

흐르지 않는다
다만, 앞서간 물길
그 빈자리 채울 뿐

별

나의 외로움도 뭉치면
저토록 큰 힘 될까

수천 밤의 눈물이
후두둑 떨어져 내리는

거울

그의 발 앞에 와서는
성난 산도 어깨를 바꾸고
강파른 계곡도 허리를 낮춘다
그의 가슴에 닿아서는
강물도 슬금슬금 되돌려 흐른다

세상을 전복시킨
거울 속 저 깊은 고독이
나를 노려본다

썰물

뱃고동이 사라진 선착장
갯바닥에 뒹구는 병과 비닐봉지

아, 사랑이 아니고는
채울 수 없는 깊이

수박

폭력은 싫다
내 스스로 가슴을 가르리

칼끝이 닿기 전
제 가슴을 쩌억 갈라내
쏟아 내는
싱싱한 고통의 속살

서늘한 살점을 베어 물며
나는 가슴을 데인다

우리

그동안 우리는
거꾸로 살아온 게 아닐까
오히려 지금껏
땅을 발로 이고 머리로 걸어온 건 아닐까

정방폭포,
왜 물은 하늘에서 땅으로 솟구치나

들길

불단 숲 속으로 바람 한 점 없다
이따금, 목마른 뻐꾹새 울다 지쳐
제 목소리를 헛짚는다
민둥산 모퉁이까지 따라가면
무덤 곁에 오리목 한 그루
제 발목에 걸려 넘어진 채
길은 스스로를 밟고 가서
지친 무릎 달래며 가시 숲으로 사라진다

호박 넝쿨 널브러진 황토밭
허리 굽은 참나무 정수리를 찍으며
빗발쳐 쏟아지는 땡볕
나무 그늘에 나는 지친 어깨를 묻는다

그대여, 이마에 땀방울 굴리며 소리치면
먹먹한 골짜기 메아리 없고
자욱한 흙먼지 길을 이어
한 떼의 개미들만 줄지어 가는데
한낮의 불길은 채찍으로 들판을 휘감는다

뿌리

나무

얼었던 어깨를 털며
서서히 깨어나는 나무들
명주실 같은 뿌리로
이 거대한 지구 바윗덩이에
정釘을 대는 순간,

실낱 같은 그 뿌리 하나
잠든 대지를 두들겨 깨우고
몇십 척 미루나무 둥치 밀어 올려
허공으로 솟구치게 한다

삼례역

들녘이 제 가슴 모조리 비운 것은

저 겨울 산 뜨겁게 품기 위해서이리

계곡마다 희끗희끗 눈덩이 박힌
한겨울 넉넉히 품기 위해서이리

새벽 들판 알몸으로 누운 것은
산 하나 가슴 깊이 묻어
새봄 세우기 위해서이리

철길

기차 바퀴가 멈춘 곳에서
침묵은 흙을 풀어
씀바귀 싹을 깨운다

흙바람에 밀리는 명산역明山驛

완행열차는 새마을호 비켜 주며
햇살에 등을 말린다

마을 아낙들 우물에 물을 긷고
보리밭은 새파랗게
새 물길을 튼다

어둠이 나뭇잎마다

오늘 하루도 다시 저물고
어둠이 나뭇잎마다 내려앉는다
망초꽃 우거진 산모롱이에
풀잎들은 숨을 죽이고
그대의 고요한 숨소리 듣는다

깊은 골 숲 속에서
마지막 뻐꾹새 울음이 빠져 나온다
오늘 하루도 무사히 건너왔다

밤이면 밤마다 몰려오는
저 개구리 울음은
무슨 기다림 그리 깊은지
밤을 새워 부싯돌을 긋는다
사방에 자욱한 개구리 울음
그 가운데 나 홀로다

어두운 길 돌아오며

숲 사이로 빠져 나오는 불빛에
그대 눈망울을 보았다
내일은 또 아침이 와
그대가 조용히 걸어갈 언덕으로
마을의 호롱불 살아 오른다

마이산 馬耳山

한세상을 지키기 위해서
산도 저토록 큰 귀를 가져야 했으리
암마이봉과 숫마이봉 사이
눈발을 뚫고 계단을 오른다

산의 귓속으로 다가서도
나는 들을 수 없구나
이 겨울 꽝꽝한 침묵 속에
산이 벌판을 향해서
온몸으로 소리치고 있음을

오직 겨울바람에 눈 뜨는 나무들
야윈 허리를 서리에 파묻고
암수 마이봉 휘감으며
무너져 내리는 눈발

마이봉 커다란 두 귀를 빠져 나올 때
쩌렁쩌렁 울리는 바위

마이봉 뒤엉켜 솟구치며
새봄으로 열리는 소리

산벚꽃

저문 해 설핏한 앞산
짙게 깔리는 산 그리메 속에서
온통 터진 벚꽃 한 그루가
산을 통째로 들어올린다

고요에 잠긴 산 앞섶을 헤쳐
젖가슴에 생기를 퍼붓고
벚꽃 한 그루 분수처럼 터져
막힌 들녘이 탁 트인다

벚꽃 한 둥치를 위해서
산은 뚜렷한 그리메로 깔리고
산등성을 미끄러지는 초승달
산벚꽃 위에 걸려
이 산 저 들녘을 들뜨게 한다

동백꽃

그대여 다시 봄이 와
동백꽃이 핍니다

그대가 건너간 강
물빛 지워진 길을 따라
아슴한 산허리 돌아서면
거기 초록빛 이파리 틈새를 메워
꽃들은 저마다 빛깔로
깨어 있습니다

꽃구경을 나온
이 많은 사람들이 내게는
그저 그들의 마을로 돌아가는
길처럼 보이지 않습니다

꽃들은 저마다 피어올라
동백꽃 그늘 아래 어깨를 묻으면
동백은 꽃잎을 제 뿌리에 떨구어

그 꽃잎 뿌리 떠나지 않습니다

강 속의 산은

바위에 금가는 소리 들리고
뙤약볕 아래 풀은 혼곤한 잠에 녹아내린다
한 뼘 그늘에 누워 헐떡이는 사람들
여름이 무심히 흘러가며
모래 한줌으로 시간이 부서질 때
도랑물은 쉬지 않고 흘러 강에 닿는다

사람들 불을 토하고 혀끝을 물에 적시며
다시 땅으로 무너져 누울 때
비듬처럼 말라가는 저 날벼락 강 속에
산은 제 허리를 묻고
나무들은 타는 아랫도리 적신다
그 질긴 고통의 뿌리를 헹군다

삼성초등학교

삼성초등학교 앞 어린아이들
댕경댕경 목 잘린 가로수에 줄 서네
이파리 삐질삐질 빠져 나온
플라타너스 주먹만 한 그늘 아래
돌덩이 같은 책가방 짊어지고
도시락 가방 껴안은 채

이마에 질펀한 땀 흘려 시든 표정으로
눈동자 가득 지친 빛 고여 있는,
목 잘린 플라타너스 주먹만 한
그늘 속에 할딱이며
시간 지난 시내버스 기다려 줄을 서네

노인과 강

*

아침 햇살 내리꽂히는 강으로
선뜻선뜻 바람 불어온다
언덕에 소나무 이 세상 풍상 다 겪은
사물처럼 내 안으로 잠겨 든다

끝없이 이어 가는 물살 위로 비친 산등성이
그림자 한 마리 거대한 용처럼 꿈틀댔다
여린 안개 한 꺼풀씩 벗겨내며
나뭇잎들 물기 머금고 후두둑 깨어나자
물총새 한 마리 강을 질러 숲으로 꽂힌다

밤새워 울던 소쩍새 울음 사이로
이둠 속 산과 뒤엉킨 살 내음을 풀고
그렇게 다시,
강 하나가 태어나고 있었다

*

바지랑대 하나로 노인은 배를 움직였다
뱃전에 긴 바지랑대 대고
강 속으로 밀어 넣으며 노인이
배 뒤편으로 발길을 옮기면
배는 서서히 강으로 길을 낸다

강은 잔잔해 보였지만,
안쪽으로 다가갈수록
그 물살의 힘 만만치 않았다
그 물살로 강은 날마다 새로워졌다

*

월척의 낚싯줄처럼 팽팽히 걸리는 물살
나룻배 나무판자 사이로
강은 내 몸을 훑고 세찬 물줄기로 뻗친다

강은 몸의 힘을 서서히 풀어내며
나를 포근히 감싸 주었다

강과 함께 흔들리는 배
배와 함께 흔들리는 사람들
물속에 드리운 산 그림자만 그대로인 채
강의 품으로 한없이 잠겨 들며
사람들은 물빛에 홀려 있었다

*

알 수 없는 수심, 강은
이쪽과 저쪽을 단절시켜
반대편에 대한 궁금증으로
우리 앞에 누워 있다

강은 흘러 마을을 휘어 안고
물살 휘감겨 가쁜 숨 몰아쉬면서

반대편에 거대한 백사장을
허옇게 토해 놓는다

*

강둑에 울창한 미루나무 숲이
강물을 끌어당기며
젖은 강의 중심에 나무들은
우뚝 자리하였다

그 나무뿌리 땅속 깊이 박혀서
힘겹게 돌아가는 강물을
온몸으로 버팅기고 서 있다

거기에 그렇게 소나무들도
천 년이 훨씬 넘도록
세찬 강물을 제 중심에 휘어 감고
그 위엄 시퍼렇게 떨치고 서 있었다

*

강은 수시로 물살 바꾸고
강 깊이 가늠할 수 없어도
부딪쳐 오는 물살 헤치며
끊임없이 밀고 나아가는 자세에서
노인의 바지랑대는 힘을 얻고
마을 사람 실은 배는 속력을 냈다

강물 앞에 당당히 맞서
온몸으로 밀고 가는 노인의 어깨
강바람 타고 밀려온 저녁노을 한 자락이
그 위로 둥그렇게 휘감겼다

*

강물이 서서히 물돌이 뒤채어
노인의 허리에 감기자

그 물의 따듯한 속살을 뚫고
노인의 가슴 속에서
또 하나의 강이 퍼져 나아가고 있었다

                    *

되짚어 강을 건너와서야
저편으로 갔을 때, 노인이
배 삯을 받지 않은 이유를 알았다

나룻배로 그 강 건넌 사람은
반드시 그 배로 강을 건너올 수밖에 없기에

길은 다시 길 위에 누워서 길이 되었다

                    *

강은 우리 앞에 누워 길을 묻는다

우리 모두는 그 강을 건넌다
매일 아침 강 건너가 사람들 만나고
하루 함께 지내다 돌아온다

한 달의 강, 한 해의 강
우리 일생 그렇게 하나의 거대한 강일 뿐
하나의 바지랑대 들고
우리는 모두 강 앞에 서 있다
우리 옷깃을 강물에 적셔 둔 채

*

강 앞에 서서 우리는
강 물살이 잔잔하기를 바라거나
깊이가 얕기를 바랄 수 없다는 것을 알았다

아무 힘 들이지 않고 강 건널 수 있다면
노인은 벌써 이 강을 떠났으리라

나룻배가 발동선으로 바뀌었다면
강을 벗어나 이미 노인은 대처로 떠돌았으리라

강둑에 서 있는 소나무 둥치에 귀를 대면
어둠 속에서도 느낄 수 있었다
강물의 흐름을 타고 걸려오는 나이테의 떨림
그 견고한 힘이 노인에게 가 닿는다는 것을,

*

버스가 산모퉁이 돌아서자
노인과 배는 보이지 않았다
바로 그때였다,
노인의 뱃길이 차 앞 허공에 떠서
너울너울 춤추며 날아가고 있었다

그 세찬 물이랑을 가르며
나아가는 뱃길을 따라

내가 탄 버스는 달리고 있었다.

시와정신詩選 _007

그리움 없인 저 별 내 가슴에 닿지 못한다

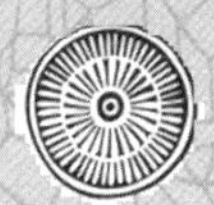

| 해설 |

미메시스적 동일성의 미학

_ **송기한** _ 문학평론가

위대한 사건들, 그것은 우리의 더없이 소란한 시간이 아니라 더없이 적막한 시간이다. 세계는 소란을 일으키는 사람이 아니라 새로운 가치를 창출하는 사람을 중심으로 돈다. '소리 없이' 그렇게 돈다. — **니체**

얼마 전 제19대 총선이 있었다. 선거 때가 되면 어김없이, 후보들의 선거운동으로 소란스럽기가 이를 데 없다. 모두들 자신이 세상을 바꾸어 보겠다며 여러 공약들을 내걸고 목이 터져라 외쳐댄다. 그러나 그 많은 '말'들이 '위대한 사건'으로 전화되지 못할 것임을 우리는 지금까지의 경험을 통해 익히 알고 있다. 결국 그 소란스러움은 그 자체로 그치고 마는 경우가 대부분이었던 것이다.

일찍이 니체는 '고요'와 '소란'에 대해 언표한 바 있다. 그의 대표작 『차라투스트라는 이렇게 말했다』를 보면 이런 말들이 나온다. "폭풍을 일으키는 것", 그것은 "가장 조용한 말"이다. "비둘기 걸음으로 걸어오는 사상"이 세계를 끌고 간다. 또 이러한 구절도 나온다. "실토하라! 너희가 일으키는 소란과 연기가 사라지고 난 후에 보면 실제 일어난 일이 별로 없다는 것을."

니체의 철학에서 '고요함'과 '소란'의 의미는 결코 가볍지 않다. '고요함'은 새로운 가치의 창출과 관련되고, '소란'은 인간에게 내면화되어 있는 기존의 '견고한 가치'들과 맥락이 닿아있기 때문이다. '견고한 가치'들은 동일성의 범주를

형성하게 되고 세계는 이러한 동일성의 경계를 중심으로 관리된다. 이런 권위적인 동일성의 범주 내에서 어떤 새로운 가치의 창출을 기대하기는 어려운 일이다. 가치의 창출은 그것의 전복에서 시작된다. 동일성 범주의 밖, 배제되고 소외된 타자의 강요된 침묵으로부터 가치의 전복은 소리 없이 시작되는 것이다. "위대한 사건은 더없이 적막한 시간"이라는 니체의 언표는 이러한 맥락에서 이해해 볼 수 있을 것이다.

경계의 무화, 가치의 전복

니체에 관한 서설이 이리 길었던 까닭은 바로 김완하 시인의 시집 『그리움 없인 저 별 내 가슴에 닿지 못한다』의 작품들에서 이 '고요함'의 의미를 되짚어 볼 수 있었기 때문이다. 김완하 시인의 시는 남성적이고 웅혼하면서도 세계를 보는 관점에 있어서는 매우 유연하다는 특징이 있다. 그의 시에서 이 유연함은 견고했던 가치들의 전복, 탈 중심적 사유와 연결되는 것이며 나아가 경계의 무화, 우주적인 공동체의 유대와도 연결되는 의미이다.

가장 빛나는 너의 속살만큼

어두운 것이 있으랴

제 목숨의 안팎을 벗어나
스스로 밝이 되어 빛나는

　　——「별·서시」 전문

어둠은 깊을수록 고요하다
익을수록 소리 내지 않는다
어둠 없이 누가 빛을 보는가
어둠만이 빛을 지킨다
인간을 휴식으로 빨아들인다
어둠을 욕하는 자 누구인가

　　——「어둠만이 빛을 지킨다」 부분

　인용 시에서 가장 먼저 확인해볼 수 있는 것은 시인의 '어둠'에 관한 인식이다. 보편적으로 밝음／어두움이라는 이항 대립적 관계에서 가치우위를 점하고 있는 것은 밝음이다. 밝음은 긍정적인 의미에, 어두움은 부정적인 의미들에 연결되는 것이 일반적이기 때문이다. 그런데 위 시들에서 '어둠'의 의미는 이러한 보편적이고 일반적인 틀 안에서 규정되고 있지 않다.

한편 「별·서시」에서는 '어두운 것'이 '가장 빛나는 너의 속살'로 표상되고 있다. 여기서 '어두운 것'과 서로 상충되는 의미인 '빛남'이 등가를 이루고 있다는 것에 우선 주목할 필요가 있다. 이항대립의 경계가 무화되고 있음을 확인할 수 있는 대목이기에 그러하다. 이는 그 다음의 시구에서도 확인된다. '안팎을 벗어난다'는 것은 바로 '안'과 '밖'의 경계 자체가 무화됨을 의미하는 것이며 "스스로 밖이 되어 빛나는"에서는 기존의 우위에 위치하고 있었던 의미들에 대한 가치 전복으로 해석되기 때문이다.

작품 「어둠만이 빛을 지킨다」에서도 '어둠'은 '고요함', '휴식'에 연결되어 의미지어지고 있으며, '빛'을 드러내는 역할에서 나아가 '빛을 지키'는 존재로까지 이어지고 있어 '빛'과 '어둠'의 전복된 가치를 여실히 보여주고 있다. 이는 단순히 '어둠'의 의미에 한정되는 것이 아니다. 그의 시집 『그리움 없인 저 별 내 가슴에 닿지 못한다』의 기저에는 이러한 경계의 무화, 가치의 전복, 객체에로 동화되는 미메시스적 합일의 의식이 짙게 깔려 있다.

가령 「강을 건너와」에서 보면, '힘겹게 강을 건너'온 화자가 '물 밖'에서 깨달은 점은 '내'가 강을 건너간 것이 아니리 '강이 나를 건너갔'다는 것이었다. '내'가 힘겹게 건너왔다고 생각했지만 그 '걸어온 길'은 이미 '물살에 지워'졌고 강은 여전히 흐르고 있었기 때문이다. 이는 무한의 자연 앞에서 인간의 유한성에 대한 깨달음이라고 볼 수도 있지만 다른

한편으로는 인간 중심, 주체 중심의 사유에서 벗어나 있음을
의미하는 것이기도 하다. 이 또한 탈 중심적 사유, 가치의 전
복이라는 의미망 안에서의 한 자장으로 이해할 수 있는 대목
이다.

그동안 우리는
거꾸로 살아온 게 아닐까
오히려 지금껏
땅을 발로 이고 머리로 걸어온 건 아닐까

　　＿「작은 노래 - 우리」 부분

강 앞에 서서, 우리는
강 물살이 잔잔하기를 바라거나
깊이가 얕기를 바랄 수 없다는 것을 알았다

아무 힘 들이지 않고 강 건널 수 있다면
노인은 벌써 이 강을 떠났으리라
나룻배가 발동선으로 바뀌었다면
강을 벗어나 이미 노인은 대처로 떠돌았으리라

　　＿「노인과 강」 부분

작품 「작은 노래 - 우리」에서 시인은 그동안 우리가 "땅을 발로 이고 머리로 걸어온 건 아닐까" 하는 재미있는 발상을 보여준 바 있다. 이는 인간 직립보행의 보편적 양태에 대한 인식을 뒤집는 상상이면서 동시에 '거꾸로' 살아왔다는 의미의 표상이다. '거꾸로 살아' 왔다는 것은 하나의 의미로 환원되지 않는다. 정작 중요한 것은 접어두고 살아왔다는 의미로도, 기존의 견고했던 가치들에 대한 회의와 소외되어 왔던 의미들에 대한 재인식으로도 해석될 수 있다.

「노인과 강」 역시 그 연장선에서 논의될 수 있는 작품이다. 이성 중심, 혹은 합리성을 기반으로 한 산업 기술의 발달에 종속된 현대인의 삶이라는 시각에서 그러하다. 이 작품에서 시인은 "강 물살이 잔잔하기를 바라거나 / 깊이가 얕기를 바랄 수 없다는 것을 알았다"고 표명함으로써 시인의 인식이 인간 중심적 사유로부터 일탈해 있음을 확인할 수 있기 때문이다.

이 작품에서 '나룻배'는 다층적 의미를 띤다. 그것은 노인의 '힘'을 필요로 한다. 노인의 '힘'을 다른 말로 표현한다면 사용가치로서의 인간의 노동이라 할 수 있을 것이다. 고유한 질적 사용가치로서의 노인의 '힘'에 의해 '노인의 강'이라는 명명이 가능해진다. 따라서 '나룻배'에서 '발동선'으로의 변화는 사용가치에서 교환가치로의 전화를 의미하며, 이러할 때 '강'은 더 이상 '노인의 강'이 될 수 없게 되고 '노인은 대처로 떠돌' 게 된다.

'나룻배'와 '발동선'의 관계는 휴머니즘적인 전근대의 삶과 기계 중심적 근대의 삶, 혹은 인간과 기계라는 이항대립의 관계에 다름 아니며 여기에서 시인은 '나룻배'와 '노인'의 존재가치에 더 무게를 둔다. 기실 기계화된 산업사회의 몰 인간성에 대한 비판은 장르를 불문하고 문학작품에서는 일반화되어 있는 주제이다. 그런데 바로 이 지점에서 김완하 시인의 경계의 무화, 가치 전복의 시의식은 빛을 발하게 된다. 시인은 결코 대상을, 세계를 이분법적으로 구획하여 어느 일편에 날을 세워 응전의 태도를 취하고 있지 않기 때문이다. 오히려 시인은 그 경계를 허물고 미메시스적인 합일을 현현해 보이고 있다.

하루 동안 나를 태우고 다닌

나의 말을 지하에 두고 나오며 나는 본다

피곤을 어깨 가득 인 채로 자면서도 발목 풀지 못하는

저들의 측은한 뒷모습, 평생을 눕지도 못하는 저들의

피로한 허리에서 새어 나오는 신음 소리

    __「도마동 · 4 - 지하주차장」부분

버스가 산모퉁이 돌아서자

노인과 배는 보이지 않았다

바로 그때였다,

노인의 뱃길이 차 앞 허공에 떠서

너울너울 춤추며 날아가고 있었다

그 세찬 물이랑을 가르며

나아가는 뱃길을 따라

내가 탄 버스는 달리고 있었다.

　　__「노인과 강」 부분

　위 시들에 등장하는 승용차나 '버스'는 인간의 노동을 대체하는 이동수단으로서의 기계라는 점에서 '발동선'과 동궤에 자리하는 사물들이다. 그런데 이들을 바라보는 시인의 관점이 매우 흥미롭게 사유된다. 먼저 작품 「도마동·4 - 지하주차장」을 보면 시인은 주차된 차들에 대해 기계의 차가운 금속성, 속도, 개인성 등과 같은 현대성의 분리주의적 측면이나 도구적 관점에서 접근하지 않는다. 오히려 생명 없는 그들에 생명성을 부여한다. 시인은 그들의 '낡아감'을 '피로', '피곤', '신음' 등의 시어로 표현하고 이에 대한 '측은'한 마음을 발현시키고 있기 때문이다. 특히 "그들은 고철로 변해가며 무엇을 꿈꾸는 것일까" 라는 대목에서는 생물과 무생물의 경계를 넘어 인간과의 경계도 허물고 있는 시의식의 면모가 확인되어 매우 이채롭기까지 하다. '꿈'이라는 것은 인간의 의식, 희망, 의지 등과 긴밀하게 연결되어 있기 때문

이다. 이 시는 인간의 사물화에 대척되는 사물의 인간화라는
서정의 원리를 명징하게 보여주고 있는 작품이다.

「노인과 강」에서는 '배'를 타고 있는 '노인'과 '버스'를
타고 있는 화자가 '인간/기계', '전근대/근대'와 같은 이항
대립의 구도를 이루고 있다. 그러므로 '버스'를 탄 화자의 시
야에서 '노인과 배'가 사라진다는 것은 인간적·유대적 통
합이 상실된 현대로의 진입, 혹은 그러한 현대를 살아가고
있는 화자의 현실에 대한 인식을 의미하는 것이다. 그런데
이어서 화자의 눈앞에 펼쳐지는 환상은 이러한 구도와 해석
을 동시에 해체시킨다. "노인의 뱃길이 차 앞 허공에 떠서 /
너울너울 춤추며 날아가고", 화자가 탄 '버스'는 그 '뱃길'
을 달리는 것으로, 대립 구도에 자리했던 두 세계가 합일을
이루고 있기 때문이다. 더욱이 이 합일이 의미가 있는 것은
객체를 주체에로 환원시키는 주체중심의 형태가 아니라 주/
객의 경계를 무화시키며 조화롭게 융합되는 상호동화의 미
메시스를 구현하고 있다는 데 있다.

거리를 극복하는 힘

흔히, 서정시의 본질을 세계와의 동일성으로 규정한다. 그
런데 이 동일성이라는 개념은 시적 자아와 세계와의 '거리'

에서 발원하는 것이다. 동일성을 지향한다는 것은 이미 세계와의 거리가 전제되어 있다는 의미이다. 결국 시인들의 시쓰기란 세계에 대한 인식태도를 드러내는 작업이자 그것에 대한 성찰과 대응의 과정이라 할 수 있을 것이다. 세계에 대해 어떠한 관점을 가지고 어떻게 대응하느냐의 문제가 바로 세계와의 거리를 극복하고 동일성을 획득하고자 하는 서정적 주체의 개성과 관련되는 것이자, 시세계의 주조적 정서나 이미지와도 직결되는 것이다.

그렇다면 김완하 시인의 『그리움 없인 저 별 내 가슴에 닿지 못한다』에서는 어떠한 세계를 보여주고 있는 것일까. 서정적 주체가 세계와의 거리를 극복하는 방법은 무엇이며 이를 추동하는 힘은 어디에서 발원하는 것일까. 이와 관련하여 '그리움 없인 저 별 내 가슴에 닿지 못한다' 라는 시집의 제명에 암시하는 것은 무엇일까. 실상 이 물음에 대한 답이야말로 이 시집의 본질과 관련되어 있을 것이다.

네가 빛나기 위해서
수억의 날이 필요했다는 걸 나는 안다
이 밤 차가운 미루나무 가지 사이
아픈 가슴을 깨물며
눈부신 고통으로 차오르는 너

믿음 없인 별 하나 떠오르지 않으리

그리움 없인 저 별 내 가슴에 닿지 못하고

기다림 없는 들판에서는

발목 젖은 풀뿌리 하나에도

별빛 다가와 안기지 않으리

어둠 속 무수히 흩어지는 발자국

별 하나 가슴에 새기고 돌아가

고단한 하루에 빗장을 지를 때

지친 풀잎 허리 기댄 언덕 위로

너는 꺼지지 않는 등을 내다 건다

너와 내가 하나의 강으로 닿아 흐르기까지

수천의 날이 또 필요하리라

이 밤 네가 빛나기 위해

수억의 어둠을 뜬눈으로 삼켜야 했듯

그 눈물 어리어 흘러가는 강을 나는 본다

_ 「그리움 없인 저 별 내 가슴에 닿지 못한다」 전문

별빛이 우리의 감각기관에 인식되기까지는 '수억의 날'이 필요하다. 그것은 '별'과의 거리이기도 하다. 김완하 시인의 시에서 '거리'에 대한 인식은 비교적 뚜렷하게 포착된다. 가령 "사랑을 실어 나르기 위해 / 철길은 서로의 거리가 필요했

으리"(「별·7」)에서 '거리'는 사랑의 합일을 위한 필수불가결한 요소이다. 이는 위 시의 "네가 빛나기 위해서 / 수억의 날이 필요했다"와도 같은 변증법적인 구도이다. 즉 대상 간의 '거리'로 인해 대상의 움직임이 필요해 진 것이 아니라 대상의 합일을 위해서는 반드시 '거리'를 '필요'로 하고 그 '거리'를 좁히는 과정이 필요하다는 것이다. '남기 위해 / 흘러가'고 '다시 돌아오기 위해서 / 떠나가는 것'(「강물」)과도 같은 이치이다.

그렇다면 '거리'는 왜 필요한 것인가. 고여 있는 물이 썩는 것과 마찬가지로 머물러 있기만 해서는 아무런 가치도 생성될 수 없다. 그러므로 그저 남아있는 것이 아니라 '남기 위해'서는, '다시 돌아오기 위해서'는 끊임없이 '흘러가고', '떠나가'야 하는 것이다. 결국 '거리'란 주체가 성찰하고 감내해야 할 생生 그 자체라 할 수 있으며 '거리'를 좁혀가는 과정은 생에 대한, 세계에 대한 관점이자 대응하는 자세라 할 수 있는 것이다.

위 시에서 '수억의 날'은 '고통으로 차오르는', '고단한' 나날들이며 '어둠'으로 표상되는 시공간이다. 이 작품뿐만 아니라 시인의 시에서 세계는 '어둔 하늘 속', '한낮의 고통'(「별·6」), '어두운 길'(「어둠이 나뭇잎마다 내려앉을 때」), '어둠 벌판'(「별·7」), '밤의 어둠 숲'(「별·8」) 등과 같이 '고통', '어둠'의 심상으로 발현되고 있음을 쉽게 확인할 수 있다. 이는 전언한 바와 같이 시인이 인식하는 세계의

양상이자 극복해야 할 생生인 것이다. 그러나 시인은 이를 운
명과 같이 주어진 것으로 받아들이는 수동적인 자세를 취하
지 않는다. 오히려 동일성의 세계, 완성된 생을 위해서는 반
드시 담보되어야 할 '거리'로 인식하고 있음을 우리는 이미
확인하였다. 그러하기에 시인에게는 '눈부신 고통'이라는
명명이 가능했던 것이다.

"너와 내가 하나의 강으로 닿아 흐르기까지 / 수천의 날이
또 필요"하다. 이 '수천의 날'이라는 '거리'를 극복하는 힘
으로 시인은 '믿음', '그리움', '기다림' 등을 호명하고 있다.
그리고 시인은 "수억의 어둠을 뜬눈으로 삼켜야 했"던 타자
의 '고통'과 '눈물'에 동참하는 연대의식을 말한다.

그래 나도 손을 뻗고 싶다
저 하늘 너희들이 꿈꾸는 세상으로
나도 차오르고 싶다

기대지 않고는 설 수 없는 땅에서
서로의 어깨에 팔을 두르고
하나의 기둥으로 서고 싶다

휘감지 않고 버틸 수 없는 비탈
가파른 바지랑대에 몸을 묶어서

단 한 번만이라도
나팔 소리 힘차게 불어 올릴 수 있다면

　　_「나팔꽃의 꿈」 전문

　시인의 눈에 들어오는 세계는 '고통'이고 '어둠'이다. 그러므로 서로 "기대지 않고는 설 수 없"으며 "휘감지 않고는 버틸 수 없는" 것이다. 위 시에서는 이러한 세계를, 다시 말해 '거리'를 극복하고자 하는 시인의 의지가 강하게 드러나고 있다. "너희들이 꿈꾸는 세상으로 / 나도 차오르고 싶다"가 그러하고, "단 한 번만이라도 / 나팔 소리 힘차게 불어 올릴 수 있다면"이 그러하다. 여기에 필요한 것이 바로 '기대'고 '휘감'고 '서로의 어깨에 팔을 두르고', '몸을 묶'는 행위로 표상되고 있는 공동체적 연대의식이다. 이는 "아픔으로 얼크러져 바로 서고 / 서로의 상처를 온몸으로 감싸 주며 // 가파른 어둠 벼랑을 타고 올라 / 죽음까지도 함께 지고 갈" (「칡덩굴」) 만큼의 강한 연대의식이자 대상을 온전히 사랑하는 마음인 것이다.

다시 고요함으로

　겨울 숲의 고요가 나를 깨운다

사그리 비워 낸 자의 가냘픈 허리
미동 없이 숨죽인 사시나무 곁에서
나는 가슴이 설렌다

무엇이 저토록 큰 고요를 빌어
태어나고 있는가
큰 숲에 가득 알몸의 나무들
뿌리 땅속으로 일제히 퍼붓듯 내려가
끌어올리는 것은 무엇일까
내 작은 심장의 고동 소리 지워
고요 속 또 다른 고요를 듣는다

이 겨울 수북이 쌓인 낙엽 헤치면
뜨겁게 숨 쉬고 있는 황토
얼음 조각 깔린 곳도 파보면
촉촉한 흙살 숨 쉬고 있거늘
고요 위에 내 심장 소리 함께 누워
새로이 숨을 고른다

겨울 숲의 고요가 나를 때린다
사그리 떨궈 낸 자의 서늘한 이마
미동 없이 차오르는 떡갈나무 곁에
내 영혼엔 맑은 샘이 고인다

_「겨울 숲의 고요」 전문

눈에 보이는 것이, 귀에 들리는 것이 전부가 아니다. 정작 ‘위대한 사건’은 ‘비둘기 걸음’으로 오고 세계는 ‘소리 없이’ 돈다지 않았는가. 위 시에서는 이러한 ‘고요함’의 ‘생성’이 잘 형상화 되어 있다. ‘겨울 숲의 고요’는 무無가 아니다. 화자를 깨우고 ‘땅속’에서 소리 없이 탄생을 준비하는 것의 정체가 바로 ‘고요’이기 때문이다. 화자는 “큰 고요를 빌어 / 태어나고 있는” 생명의 소리를 듣고자 자신의 ‘심장 고동 소리’까지 지운다. 그러나 ‘고요 속 또 다른 소리’ 또한 고요일 뿐이다. 결국 화자의 심장 소리까지 죽인 겨울 숲은 ‘고요’ 그 자체이며 그 ‘고요’ 속에서 생명은 ‘뜨겁게 숨쉬고’ 그렇게 세계는 소리 없이 돈다. ‘고요’의 가치에 대한 깨달음은 화자를 설레게 하고 ‘새로이 숨을 고르’게 하며 ‘영혼엔 맑은 샘물이 고이’게 한다.

김완하 시인의 작품세계에는 반목이 없다. 물론 「잃어버린 겨울」이나 「마을 당제사」, 「대동천렵」과 같이 현대에는 부재하는 공동체적 유대를 노래한 작품들이 여러 편 있긴 하지만, 이 또한 유년에 대한 회상을 사실적으로 재현하는 데 충실하고 있지 파편화된 현대에 대한 비판에 초점을 맞추고 있는 것은 아니다.

김완하 시인의 작품세계를 관류하는 시의식은 이러한 맥락에서 파악될 수 있는 것으로 보인다. 시인은 기존의 견고한 가치판단의 경계에서 금 밖의, 침묵하고 있는 대상에 시선을 두지만 이를 이분법적으로 구획하여 어느 일편에서 비판의 주체로 자리하는 것을 경계한다. 그보다는 두 세계 간의 경계를 무화하고 사랑과 연대의식을 매개로 화해로운 합일을 도모한다. 이것이 시인의, 고통의 세계에 대응하는 자세이자 세계와의 거리를 극복하는 방법이다.

중요한 것은 이러한 극복 의지가 목적을 향해 일방향적이거나 일회적이지 않고 회귀한다는 데 있다. 동일성의 세계에 근접했다 하더라도 그것을 유지하기 위해서는, 그리고 더 화해로운 합일을 이루기 위해서는 '다시' 떠나고 흘러 새로운 '거리'를 확보해야 하고 새롭게 극복해야 한다는 것을 시인은 이 시집에서 현현해 보이고 있다. 이것이 소란스러운 현시대에 발을 딛고 있는 우리가 김완하 시인의 시에 다시 주목해야 하는 이유이다.

시와정신詩選 __007

그리움 없인

저 별 내 가슴에

닿지 못한다

＊

초판인쇄 __1995년 11월 15일
재판인쇄 __2012년 5월 25일
재판발행 __2012년 5월 30일
지은이 __김완하

＊

펴낸곳 __시와정신사
주소 | 대전광역시 대덕구 오정동 492-7번지 3층 (우 306-821)
전화 | 042 - 320 - 7845 / 042 - 629 - 7523
전송 | 042 - 629 - 7523
홈페이지 | siwajeongsin.com
전자우편 | siwajeongsin@hanmail.net
등록번호 __바 01053
등록일자 __2002년 4월 13일

＊

편집 · 인쇄 __북커뮤니케이션즈(출판등록 제36호)
대전광역시 대덕구 송촌동 459-3 예성프라자 702호(우 306-813)
전화 | 042 - 632 - 8363

＊

공급처 __(주)송인서적
경기도 파주시 파주읍 부곡리 7-12번지(우 413-861)
전화 | 031 - 950 - 0900
전송 | 031 - 950 - 0950
홈페이지 | www.song-in.co.kr

값 9,000원

ISSN 978 - 89 - 954685 - 9 - 3 03810

■ 잘못된 책은 구입하신 서점이나 시와정신사에서 바꾸어 드립니다.